KB195587

고양이 타로와 신비한 귀걸이

고양이 타로와 신비한 귀걸이

장희주 글 | 최경식 그림

봄마중

작가의 말

　나는 혼자 노는 걸 좋아하고 낯을 가리는 내향적인 성격이에요. 마음은 친해지고 싶은데 말이 안 나오기도 하고, 기분 나쁜 소리를 듣고 나서는 집에서 이불킥을 할 때도 많아요. 내 마음을 표현하지 않으니 오해가 쌓이고, 상대를 좋지 않은 마음으로 보기도 했어요. 그럴 때마다 사람의 마음을 알 수 있는 요술 물건이 있다면 얼마나 좋을까 싶었지요.

　그러던 어느 날, 마음 일기를 쓰게 되었어요. 매일 마음을 들여다 보니, 상대의 잘못보다는 내 문제점이 보였어요. 내가 소통을 잘하지 못했다는 걸 깨달았죠. 그래서 소통을 잘하려면 어떻게 해야 할지 곰곰 생각했어요.

　먼저, 다른 사람의 마음에 귀 기울이고 내 마음을 전해야 한

다는 걸 알았어요. 상대가 기분 나쁠까 봐 걱정스럽고, 때로는 부끄럽더라도 마음을 표현해야 한다는 걸요. 그래야 관계가 발전할 수 있다는 걸 깨달은 거죠.

　"먼저 친구들의 이야기에 귀 기울여 보세요. 그러면 마음의 소리가 들리는 스티커가 귀에 딱 붙을 거예요. 두려워하지 말고 여러분의 마음을 전해 보세요."

장희주

고양이 타로
당신의 소원을 들어 드립니다.

차례

프롤로그

안녕? 내 이름은 타로. 타로를 보는 고양이야.

너희 마음속에 꼭꼭 숨겨 놓은 고민이 있거나

간절한 소망이 있다면 나를 찾아와.

내 은빛 수염은 네 마음의 냄새를 맡고

바다처럼 푸른 눈은 네 과거와 미래를 꿰뚫지.

어디로 찾아가면 되냐고?

바람의 전령이 길을 안내해 줄 거야.

그럼 기다릴게.

돌아온 회장 선거

민지는 필통 안에 가지런히 정리된 연필을 보았다. 어젯밤에 깎은 연필들이었다. 뾰족한 연필심이 민지에게 기합을 넣어 주는 것 같았다.

오늘은 3학년 2학기 첫날이다. 선생님의 머리 스타일도 변했다. 긴 머리카락을 싹둑 잘라 단발이었다. 선생님이 머리카락을 귀 뒤로 넘기며 말했다.

"이번 주 금요일에 2학기 회장 선거를 할 테니 출마할 친구들은 소견 발표문을 미리 준비하면 좋겠어."

"선생님, 저 출마합니다!"

한솔이가 손을 번쩍 들었다. 그러자 아이들이 까르르 웃었다. 그 와중에 성우는 한솔이의 절친 아니랄까 봐 '이한솔' 이름을 세 번이나 외쳤다.

민지만 혼자 웃을 수 없었다. 사실, 민지도 손을 들고 싶었다. 하지만 1학기 회장 선거가 떠오르자 팔에서 힘이 빠졌다. 그때 민지는 당연히 회장이 될 거라고 생각했다. 노래도 잘해, 춤도 잘 춰, 공부도 좀 하고, 발표도 잘하는 민지가 아니면 누가 된단 말인가. 그날 민지는 투표를 마치고 떨리는 마음으로 개표 결과를 기다렸다.

"이은아."

"이은아."

"윤세아."

이은아 8표, 윤세아 7표, 이성준 4표 그리고 김민지 1표. 이제 교탁에 남은 종이는 한 장이었다. 민지는 차마 칠판을 바라볼 수 없었다. 제발 마지막 종이에 자기 이름이 있기를

바랄 뿐이었다.

　선생님이 마지막 종이에 적힌 이름을 불렀다.

　"이은아."

　아이들이 손뼉을 쳤다. 민지는 교실에서 사라지고 싶었다.

친구들에게 배신감마저 들었다. 다들 어떻게 한 표도 안 줄

수 있는지 말이다. 민지는 자기가 왜 표를 받지 못했는지 이해가 되지 않았다.

민지는 이번 선거에서 무너진 자존심을 회복하고 싶었다. 카리스마 있는 회장, 인기 있고 사랑 받는 회장이 되고 싶었다.

민지는 마음이 조급해졌다. 2학기 회장 선거일까지 나흘 남았다. 이번에는 누가 회장 선거에 나올지 궁금했다. 그때 앞자리에 앉은 세아가 보였다.

세아는 1학기 때 아깝게 회장 선거에서 떨어졌다. 착하고 똑똑해서 아이들에게 인기도 많다. 세아가 반장이 된다면 민지는 배가 아플 것 같았다. 세아랑은 2학년 때 친했지만, 3학년에 올라오면서 사이가 멀어졌다. 언젠가부터 세아가 민지의 전화나 문자에 답을 잘 하지 않더니 민지를 피하는 것 같았다.

한솔이는 출마한다고 이미 말했고 성우라는 강력한 지지자도 있다. 박성우는 한솔이의 절친이자, 남자아이들을 꽉 잡고 있는 아이다. 성우가 한솔이를 지지한다면 성우를 따라 한솔이를 뽑는 아이들도 있을 것이다.

민지는 초조한 마음에 연필을 뱅글뱅글 돌렸다. 그러다

착하고 똑똑!

회장 후보 : 윤세아

남자아이들의 희망!

회장 후보 : 이한솔

연필이 아래로 굴러떨어졌다. 연필은 앞자리에 앉은 유리의 발 쪽으로 굴러갔다.

"유리야, 미안한데 연필 좀 주워 줘."

유리는 뒤도 돌아보지 않았다. 민지는 큰 소리로 다시 말했다.

"유리야! 내 말 안 들려? 실내화 옆에 떨어진 연필 좀 주워 달라고."

유리는 쭈뼛쭈뼛하더니 천천히 몸을 구부렸다. 그러곤 연필을 주워 민지 책상에 슬며시 놓았다.

"고마워."

"……."

아무 말 없는 유리 때문에 민지는 기분이 살짝 나빴다. 연필을 억지로 주워 주는 것 같았다. 하긴, 유리는 원래 말이 없다. 뭘 물어도 대답을 잘 안 한다. 민지는 그런 유리랑 이야기를 하면 고구마를 먹은 듯 답답했다.

민지는 한숨을 내쉬었다. 1학기 때는 친한 아이들이 가

까운 자리에 앉아 좋았는데, 2학기에는 짝꿍이 성우, 앞에
는 유리, 뒤에는 세아가 앉았다. 최악이었다.

민지는 연필을 필통에 거칠게 넣었다. 뾰족하게 깎은 연
필심이 톡 부러져 있었다.

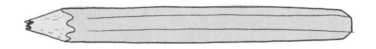

고양이 타로 가게

학원에 가는 길에도 민지는 회장 선거가 머리에서 떠나지 않았다. 얼마 남지 않은 회장 선거일까지 어떻게 표를 얻을지 곰곰이 생각했다. 간식이라도 돌릴까 싶었는데, 아이들이 뇌물이라고 선생님에게 이르기라도 하면 문제일 것 같았다.

그때 민지 옆으로 중학생 교복을 입은 언니들이 지나갔다. 그중에 낯익은 언니가 있었다. 민지가 1학년 때 전교 회장이었던 언니였다.

그 언니를 처음 만났을 때가 떠올랐다. 민지는 학교에 입

학한지 얼마 안 돼 학교 이곳저곳을 둘러보는 걸 좋아했다. 그날은 학교 안쪽에 있는 도서관에 갔는데, 가는 길에 무리 지어 있는 오빠들을 만났다. 오빠들은 민지와 친구를 보면서 괜히 시비를 걸었다. 민지가 들고 있는 인형을 보고 유치하다며, 아직 유치원생이냐고 놀렸다. 민지가 놀리지 말라고 하자 이번에는 민지 앞니가 토끼 같다며 토끼 흉내를 냈다. 민지는 당장 선생님에게 이르고 싶었지만, 교실까지는 너무 멀었다.

그때 키가 큰 예쁜 언니가 나타났다. 언니는 팔짱을 끼고 오빠들을 막아섰다.

"오빠들이 치사하게 1학년 친구들을 놀리면 안 되지. 곧 점심시간 끝나. 얼른 교실에 들어가!"

그러자 오빠들은 구시렁대면서 흩어졌다. 민지는 언니가 슈퍼우먼처럼 멋있다고 생각했다. 알고 보니 그 언니는 전교 회장이었다.

그 뒤로 민지는 회장이 되고 싶었다. 하지만 회장은 3학년이 되어야 할 수 있었다. 민지는 2년 뒤에 학급 회장에 꼭 출마하려고 마음먹었다. 그런데 지난 1학기 때 그 꿈이 산산이 부서져 버린 것이다. 민지는 혼잣말로 중얼거렸다.

"하느님, 부처님. 제발 한 번만 회장이 되게 해 주세요."

그때였다. 민지의 머리카락이 바람에 사르륵 날리더니 어

디선가 달콤한 바닐라 향이 났다. 민지는 향기가 나는 곳으로 걸어갔다. 사람의 발길이 드문 좁은 골목이었다. 골목 안 작은 가게에서 반짝반짝 빛이 났다.

유리문 안쪽으로 가게 안이 보였다. 가운데는 탁자와 의자가 놓여 있을 뿐, 텅 비어 있었다. 딸랑, 민지는 유리종 소리에 화들짝 놀랐다. 간판이 눈에 들어왔다.

고양이 타로

당신의 소원을 들어 드립니다.

민지는 소원을 들어 준다는 말에 끌렸다. 유리문을 열자 달콤한 향이 콧속을 살살 간지럽혔다. 낯선 장소인데도 마음이 편안했다.

푸른색 식탁보가 깔린 탁자 위에 타로가 정갈하게 펼쳐져 있었다. 민지는 예전에 동영상으로 타로를 본 적이 있었다. 행운과 불행을 알려 주는 카드라고 했다. 그때 야옹 하

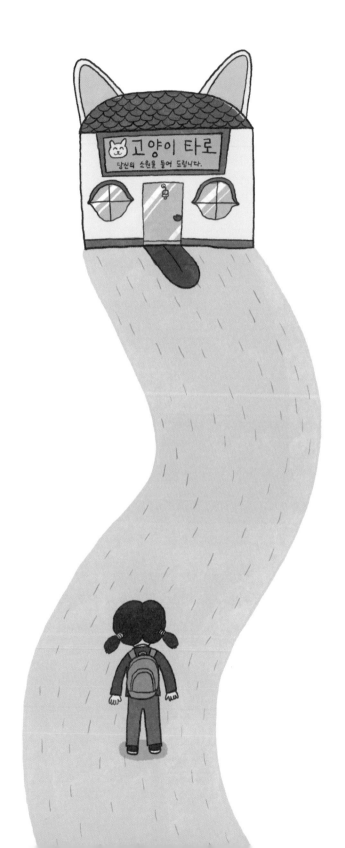

고 탁자 뒤 소파에서 하얀 고양이가 고개를 들었다. 식탁보를 닮은 파란 눈이 반짝였다.

"어머나! 귀여워."

고양이가 활짝 웃자, 그 모습이 사람 같았다.

"안녕하세요. 고양이 타로에 오신 걸 환영합니다."

고양이가 말을 했다. 민지는 멍한 얼굴로 고양이를 바라보았다. 고양이는 민지의 반응에 익숙한 듯 또 한 번 웃었다.

"놀랄 거 없습니다. 조금 특별한 타로 가게일 뿐이지요. 일단 자리에 앉아요."

"아니, 말도 안 돼……."

민지는 마법에 이끌리듯 의자에 털썩 주저 앉았다.

고양이는 수염을 씰룩이더니 두 발로 타로를 모았다.

"자, 어떤 고민이 있어서 왔나요? 제 이름은 타로입니다. 타로를 보는 고양이지요. 조금 특별하다면 손님의 고민이나 소원을……."

"정, 정말 네가 타로를 본다고?"

"그렇습니다. 고민이나 소원을 들어 주지요. 그러니 편안히……."

"진짜 소원이 이뤄지도록 해 준다고? 대박!"

"음……. 자꾸 말을 끊는 버릇이 있군요. 급하게 서두를 필요는 없습니다."

"어? 미안해. 그런데 어떻게 하면 되는 거야?"

"제가 말하지 않았나요? 고민이나 소원을 말해 보라고."

"그러니까, 내 고민은, 내 소원은 말이지, 2학기 회장이 되고 싶어. 정말로. 그런데 걱정이 돼……. 이번에도 아이들에게 한 표도 받지 못할까 봐. 그러면 절대 학교에 못 다닐 것 같아."

"그렇군요. 그런데 회장이 꼭 되고 싶은 이유가 있나요?"

고양이는 정말 궁금하다는 표정으로 민지를 쳐다봤다.

"그야 당연히 누구나 회장이 되고 싶지 않을까? 회장이 되는 것만으로 특별하잖아."

"특별한 사람이 되고 싶군요?"

"뭐, 그렇다고 할 수 있지. 난 사랑받는 멋진 회장이 되고 싶어. 누구보다 회장 역할을 잘할 수 있을 것 같기도 하고."

민지는 신이 나서 말했다. 고양이 타로는 멋쩍게 웃었다.

"그렇군요. 그럼 타로에게 물어보지요. 회장이 될 수 있을지, 없을지."

고양이는 수염을 쭈뼛 세우더니 카드를 부채 모양으로 펼쳤다.

"한 장 뽑아 봐요. 간절한 마음으로."

민지는 눈을 꼭 감았다가 떴다. 마음속으로 회장이 될 수 있게 해달라고 빌었다. 왼쪽에서 세 번째 카드에서 빛이 났다. 민지가 그 카드를 집었다.

고양이가 카드를 뒤집어 보여 주었다.

까만 담요 밖으로 고양이 꼬리가 보이는 카드였다. 왠지 불길했다. 고양이가 진지한 얼굴로 말했다.

"음, 까만 담요를 뒤집어쓴 고양이라……. 좋지는 않네요. 하지만 담요 밖으로 나온 꼬리 보이죠? 완전히 나쁜 건 아니에요. 고양이 꼬리가 행운을 불러올 수도 있거든요."

"정말? 어떻게 행운을 불러올까?"

"자, 이번 카드가 중요합니다. 되고 싶은 회장의 모습을 찬찬히 떠올려 봐요. 어떤 회장이 되고 싶은지, 어떻게 반을 이끌어갈지 말이지요."

민지는 반 친구들 앞에 서 있는 자기 모습을 떠올렸다.

복도에서 뛰는 친구들, 선생님 몰래 교실에서 공놀이 하는 친구에게 주의를 주고, 학급 회의를 여는 모습도 떠올렸다. 또 일 년에 한 번 있는 학예회를 잘 준비하고 싶었다. 노래를 잘하는 회장, 진행도 잘하는 회장이라고 칭찬받고 싶었다. 생각만으로도 뿌듯했다.

고양이가 카드를 뒤집었다.

큰 귀를 가진 고양이가 반짝이는 귀걸이를 한 그림이었다.

"마음의 소리가 들리는 귀걸이가 나왔네요."

"뭐, 마음의 소리가 들리는 귀걸이라고? 이게 회장이 되는 거랑 무슨 상관이야?"

"그건 저도 모릅니다. 타로가 가르쳐 준 거니까요. 이 물건이 손님에게 소원을 이뤄 줄 수 있다고 말하고 있네요."

고양이는 탁자 밑 서랍에서 상자를 꺼냈다. 상자 속에는 고양이 얼굴의 스티커 귀걸이가 있었다.

"이건 특별한 물건입니다. 소원을 들어 주죠. 하지만 주의할 것이 있습니다. 귀걸이의 접착력은 아주 강합니다. 한

마음의 소리가 들리는 귀걸이

번 붙이면 잘 떨어지지 않죠. 그리고 스티커 귀걸이를 좋은
일에 사용하세요. 만약 나쁜 마음으로 귀걸이를 사용한다
면……."

그때 휴대전화가 울렸다. 엄마였다. 민지가 학원에 가지
않아 학원 선생님이 엄마에게 연락한 모양이었다. 민지는 고

양이 말을 끝까지 듣지 않고 서둘러 일어섰다.

"그런데 진짜 소원을 들어 주는 거 맞아? 그냥 문구점에서 파는 귀걸이 같은데."

고양이는 대답 대신 야옹 하고 울더니 소파에 누워 스르륵 눈을 감았다.

민지는 가게를 나왔다. 귀신에 홀린 기분이었다.

이상한 스티커 귀걸이

　학원 수업 내내 민지는 스티커 귀걸이를 만지작거렸다. 그러다 선생님 몰래 귀걸이를 붙였다. 그런데 아무 소리도 들리지 않았다. 분명 마음의 소리가 들린다고 했는데, 역시나 말도 안 되는 이야기였다. 민지는 고양이를 만난 것도 꿈처럼 느껴졌다.

　저녁을 먹으며 민지는 엄마, 아빠에게 말을 꺼냈다.

　"금요일에 2학기 회장 선거 한대!"

　아빠가 달걀말이를 입에 넣고 천천히 씹었다. 엄마는 젓

가락질을 멈추었다.

"이번에도 나가려고?"

엄마가 굳은 표정으로 물었다. 민지는 아무렇지 않은 척 대답했다.

"당연하지! 이번에도 나갈 거야."

아빠가 달걀말이를 꿀꺽 삼켰다.

"역시 우리 김씨 집안 후손이야. 우리 집안 사람은 어딜 가나 꼭 한자리씩 해야 직성이 풀린다니까. 사람이 태어났으면 용의 머리는 못 돼도 뱀의 대가리는 해 봐야 하는 거지."

엄마가 혀를 차며 말했다.

"민지야, 회장이 되면 좋긴 하지만 꼭 될 필요는 없어. 진짜 반을 위해서 네가 회장이 되어야만 하는 이유가 있다면 모를까. 너 어떤 회장이 될지는 생각해 봤어?"

"어떤 회장? 그야, 뭐 아이들을 위한 회장이지. 엄마는 내가 회장이 되는 게 싫어?"

"아니, 그 말이 아니라……."

민지는 엄마 말을 더 듣기 싫었다.

'예전엔 회장 선거에 나간다고 좋아하더니. 갑자기 왜 나가지 말라는 거야?'

민지는 엄마 마음이 궁금했다. 그때 귓불이 간지러웠다. 귓불을 긁자 스티커 귀걸이가 만져졌다.

'지난번처럼 한 표도 못 받았다고 울고불고 난리 치는 거 아닌지 모르겠네. 이번에도 안 되면 상처받을 텐데.'

"엄마 뭐라고? 걱정하지 마! 이번에는 달라."

"응? 나 아무 말도 안 했는데."

"방금 그랬잖아. 울고불고 어쩌고……. 아빠, 들었지?"

"아니? 뭘?"

이상했다. 분명 엄마의 목소리가 들렸는데 아빠도 못 들었다니. 그때 민지 귓불이 살짝 간지러웠다.

"설마."

정말 속마음이 들리는 귀걸이인 것 같았다. 민지는 귀걸이를 떼어내려 했다. 그런데 귀걸이는 강력 접착제로 붙인

듯 떨어지지 않았다. 민지는 고양이가 귀걸이의 접착력이 강하다고 한 말이 생각났다.

그날 저녁 민지는 엄마, 아빠의 속마음을 여러 번 들었다. 엄마가 민지를 수학 학원에 보낼까 고민한다는 것, 아빠는 회사 프로젝트가 실패할까 봐 고민이라는 걸 알았다. 엄마, 아빠의 마음이 궁금해지면 어김없이 귓불이 간지러웠다.

다음 날 민지는 조금 늦게 학교에 도착했다. 학교 가는 내내 심장이 콩콩댔다. 어쩌면 친구들의 속마음도 들여다볼 수 있을지 몰랐다.

곧 1교시 시작이었다. 민지는 사물함에서 급하게 교과서를 꺼냈다. 그런데 수호가 사물함에서 무언가를 꺼내 몰래 주머니에 넣는 것이 보였다. 민지는 수호랑 눈이 딱 마주쳤다. 수호는 민지 눈을 피했다. 대체 무슨 꿍꿍이인지 궁금했다. 귀걸이를 붙인 귓불이 간지러웠다.

'민지가 휴지 챙긴 거 눈치채면 안 되는데. 수업 시간에 몰래 똥 싸러 가려고 했는데.'

수호가 왜 그러는지 짐작이 되었다. 얼마 전에 있었던 '똥 사건' 때문이다. 그때 수호가 급하게 화장실에서 볼일을 보고 나왔는데 변기가 막혀 버렸다. 아이들은 한동안 수호를 '엄청난 똥'이라고 부르며 놀렸다.

민지는 수호의 마음을 알게 되자 킥킥 웃음이 났다. 하지만 '엄청난 똥'이라고 놀리려다 입을 다물었다. 회장 선거가 떠올랐기 때문이다. 소심한 수호가 놀림을 당한다면 민지를 절대 회장으로 뽑아 주지는 않을 것이다.

수업이 시작되자 수호가 쭈뼛쭈뼛 손을 들었다.

"선, 선생님. 저, 저 머리가 아파서 보건실 좀……."

"수호야, 괜찮아? 열이 많이 나는 거니?"

선생님이 걱정스레 물었다.

"아뇨, 조금 아파서요."

민지는 수호가 화장실에 가려고 핑계를 댄다는 걸 알았

다. 그런데 갑자기 성우가 끼어들었다.

"선생님, 제가 수호 데리고 양호실에 다녀올게요. 혼자 가다가 쓰러지면 어떡해요."

성우는 평소에 어려운 친구를 도와주는 아이가 아니다. 놀리거나 괴롭히는 거라면 모를까. 분명 다른 속셈이 있었

다. 그때 민지 귓불이 간지럽더니 성우의 목소리가 들렸다.

성우는 수호를 따라가서 양호실에서 놀다 올 속셈이었다.

'그럼 그렇지'.

민지는 고개를 절레절레 저었다.

민지는 수호를 힐끗 쳐다봤다. 수호의 얼굴이 창백해지면

서 얼굴에서 식은땀이 흘렀다.

'제발, 그냥 나 혼자 화장실 좀 가게 해 줘.'

민지는 손을 번쩍 들었다.

"선생님 제가 수호랑 같이 다녀올게요! 저도 살짝 머리가

아파서……."

"너도? 요즘 환절기라 감기가 유행이라더니. 그럼 민지랑 수호 둘이 같이 다녀와."

민지는 벌떡 일어나며 수호에게 말했다.

"수호야, 빨리 가자. 너 식은땀 나."

민지는 교실 문을 닫고 수호에게 말했다.

"너 화장실 급하지? 얼른 다녀 와."

"어? 어."

수호는 어리벙벙한 표정으로 후다닥 뛰어갔다. 민지는 피식 웃었다. 덕분에 재미없는 수학 수업을 안 들어서 기분이 좋았다. 잠시 뒤 수호가 발개진 얼굴로 화장실에서 나왔다.

"너 얼굴 딸기 같아. 크크. 나도 네 맘 이해해. 똥 싸러 간다고 하면 애들이 놀릴 게 뻔하잖아. 성우가 따라갔다면 온 교실에 소문이 났을지도 몰라. 그렇지만 난 절대로 말 안 할게."

"어? 그래……."

수호는 민지를 믿지 못하는 눈치였다. 그런데 교실에 와

서도 민지가 입을 꾹 다물고 있자, 비로소 마음이 놓인 것 같았다.

"김민지, 고마워."

민지는 기분이 이상했다. 친구한테 고맙다는 말을 오랜만에 들어본 것 같았다.

그 순간 고양이 타로의 말이 떠올랐다. 타로는 스티커 귀걸이가 회장이 될 수 있게 도와줄 거라고 했다. 그제야 민지는 타로의 말을 이해할 것 같았다. 아이들의 마음의 소리를 듣는다면, 원하는 게 무엇인지 금방 알 수 있을 테니까.

쉬는 시간이 되자 민지는 아이들을 이리저리 둘러보았다. 곤란한 표정을 짓거나 마음이 궁금한 아이들이 보이면 슬쩍 옆으로 다가갔다.

진아는 리코더 연주가 어려워서 힘들어 하고 있었다. 민지에게 리코더 불기는 손뼉치기만큼 쉬운 거라 잘 가르쳐 줄 수 있었다. 또 이수는 오늘이 생일인데 친구들이 아무도 모르고 있어 섭섭해 하는 중이었다. 민지는 교실이 떠나가도

록 큰 소리로 이수에게 생일 축하한다고 말했다. 이수는 입
이 귀에 걸릴 듯 기뻐했다.

민지는 뿌듯했다. 회장 선거에서 '김민지' 표가 늘어나는
것 같았다.

생각 도둑질

　과학 시간에는 모둠 수업을 했다. 민지는 세아, 성우, 유리, 수호와 한 조가 되었다.

　민지는 세아랑 마주 앉는 게 불편했다. 세아도 민지랑 눈이 마주치기 싫은지 고개를 숙인 채 교과서를 넘겼다. 그 모습을 보자, 세아 마음 따위는 굳이 알고 싶지도 않았다. 아니, 솔직히 말하면 겁나기도 했다. 세아가 마음속으로 민지가 싫다고 하거나, 욕하는 소리를 듣는다면 마음이 무너져 내릴 것만 같았다.

선생님이 말했다.

"모둠별로 우산이끼와 솔이끼를 관찰할 거야. 토의한 내용은 관찰기록문에 작성해서 발표할 거고. 그 전에 조장부터 정하자."

아이들은 서로 눈치를 살폈다. 민지는 아이들이 자기를 추천하면 어떻게 해야 하나 싶었다. 조장도 하고 반장까지 하려면 너무 벅찰지도 몰랐다.

그때 성우가 말했다.

"윤세아, 네가 해. 우리 조에서 제일 공부 잘하잖아."

"맞아, 세아가 하면 좋겠다."

수호까지 거들었다. 민지는 수호를 살짝 째려봤다. 민지가 입을 꾹 다물고 있자 성우가 물었다.

"김민지, 너는 찬성이야, 반대야?"

"어, 찬성."

민지는 새초롬하게 말했다.

"유리는 어차피 대답 안 할 테니까 그럼 전부 찬성이다?"

성우가 자기 마음대로 결정해 버렸다. 유리가 늘 말이 없다 보니, 아이들은 유리의 의견을 무시했다. 유리는 못 들은 척 고개를 푹 숙였다. 민지는 유리가 울까 봐 조금 신경 쓰였다. 그때 민지의 귓불이 간질간질거리더니 유리의 마음이 들렸다.

'다들 날 투명 인간 취급해……'

민지는 뜨끔했지만, 신경쓰지 않았다.

"그럼 내가 조장할게. 이끼 관찰한 거 같이 이야기해 보자. 혹시 관찰기록문에 적을 사람 있어? 없으면 내가 정리할게."

세아가 말했다.

"역시 세아는 천사라니까."

수호가 배시시 웃으면서 말했다. 하지만 민지는 세아의 모습이 가식처럼 느껴졌다. 아이들은 세아가 민지의 문자나 전화도 번번이 무시하는 아이라는 걸 절대 모를 거다.

"얘들은 바다에 살아서 그런지 불가사리 닮았는데?"

성우가 중얼거렸다.

"뭐? 너 바보냐? 이끼는 바다에 안 살거든! 땅에 살지."

민지가 똑 쏘아붙이자 성우는 얼굴이 새빨개져서 따졌다.

"김민지, 말 다했냐? 바다에서 비슷한 거 봤다고!"

"파래 보고 착각한 거겠지."

"아니거든! 진짜야."

그러자 세아가 끼어들었다.

"성우 말이 완전히 틀린 건 아냐. 이끼가 육지에 살지만, 아주 오래 전에는 바다에서 살다가 육지로 옮겨 정착한 식물이니까."

성우가 천군만마를 얻은 듯 소리를 질렀다.

"그래, 바다에 살았다니까! 역시 세아는 똑똑해. 김민지 너는 잘 알지도 못 하면서 그러냐."

"지금은 바다에 안 사는 건 맞잖아!"

억울했다. 맞는 말을 했는데 세아 때문에 다들 성우의 말이 맞는 것처럼 여기다니.

그때 선생님이 지나가다면서 말했다.

"4조는 토론을 아주 활발하게 하네. 세아가 조장이야? 조원들의 의견 조율을 잘 하는구나."

세아는 수줍게 웃었다. 민지는 콧방귀를 뀌었다.

그때 선생님이 퀴즈를 냈다.

"얘들아, 이끼는 물이 없으면 죽을까, 물이 없어도 살까? 정답을 맞히면 선생님이 젤리 선물한다!"

아이들이 웅성댔다. 민지는 알쏭달쏭했다. 그때 정답을 아는 듯 웃고 있는 세아 모습이 눈에 들어왔다. 민지는 세아가 정답을 맞혀 의기양양하는 모습이 보기 싫었다. 어떻게든 세아의 생각을 훔치고 싶었다. 또다시 귓불이 간지러웠다. 세아의 생각이 또렷하게 들렸다. 세아가 손을 들려는 순간 민지가 낚아채듯 얼른 손을 들었다.

"선생님, 이끼는 물이 없어도 죽지 않아요. 죽은 것처럼 보이지만 동면 상태예요. 생명 활동을 멈추고 있다가 물을 주면 다시 깨어나요."

선생님 눈에서 하트가 뿅뿅 나왔다.

"민지가 정확하게 알고 있네. 이끼 박사님 같아."

아이들도 민지의 대답에 놀란 것 같았다.

"김민지 제법인데?"

성우도 칭찬했다. 민지는 얼굴이 붉어졌다. 반에서 제일 똑똑한 아이가 된 것 같았다.

그런데 갑자기 귓불이 뜨겁게 달아오르더니 찌릿거리며 쑤시기 시작했다. 민지는 귀를 감쌌다. 귓볼에 딱 붙은 스티커 귀걸이가 만져졌다.

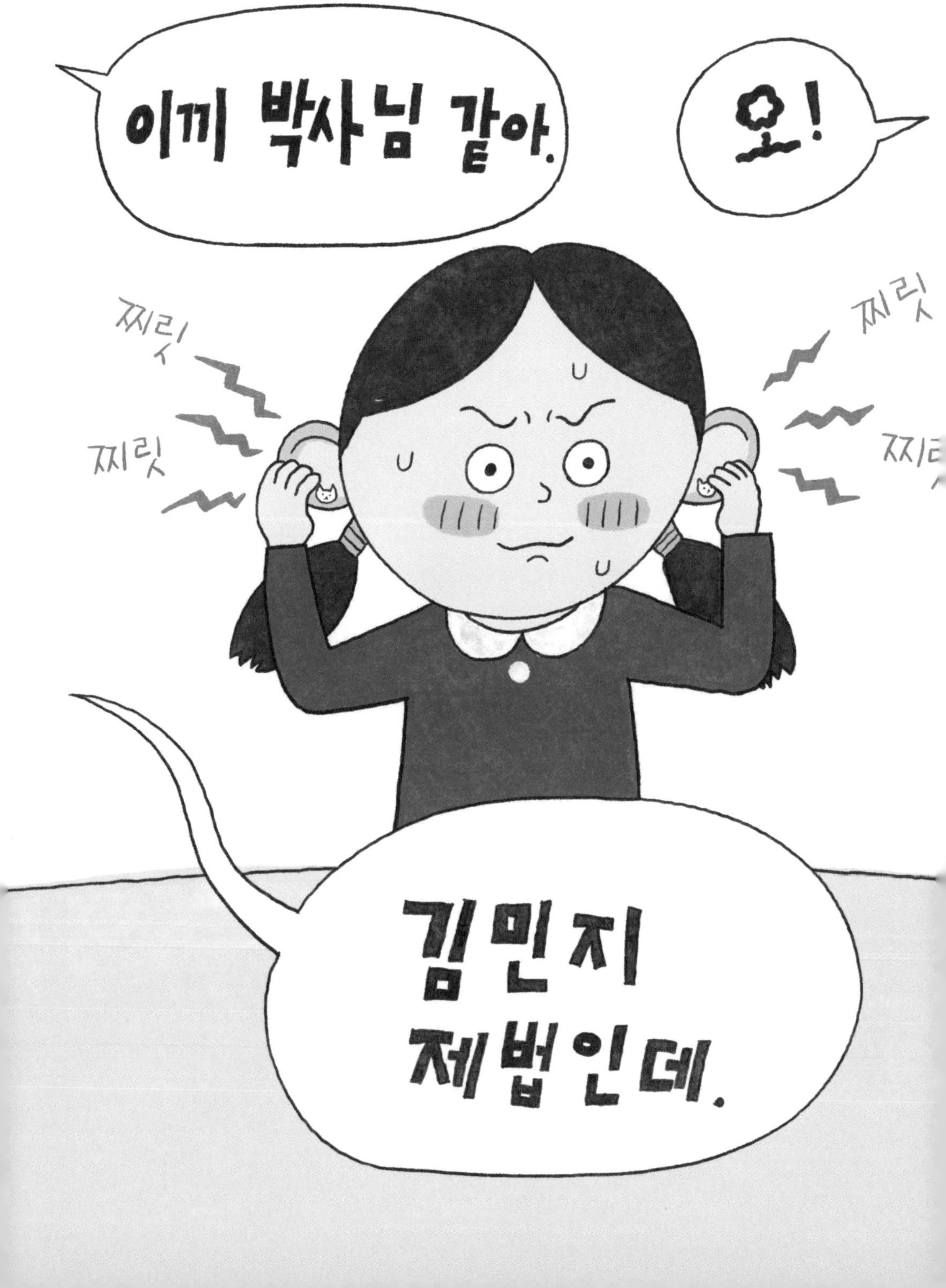
이끼 박사님 같아.
오!
찌릿
찌릿
찌릿
찌릿
김민지
제법인데.

은밀한 거래

4교시는 수학 시간이었다. 지난 시간에 수학 문제 풀이 숙제가 있었다. 민지는 틀리게 푼 문제가 없는지 확인하려고 공책을 펼쳤다.

땡땡땡, 수업종이 울렸다. 뒷자리에 앉은 수호가 성우에게 숙제 공책을 건넸다. 성우의 공책에 문제풀이가 잘 정리되어 있었다. 늘 숙제를 깜빡하는 성우가 웬일인가 싶었다.

선생님은 문제를 풀면서 각자 채점하자고 했다. 민지는 답을 세 개나 틀려서 속상했다. 슬쩍 성우의 공책을 곁눈질

했더니 모든 문제에 동그라미가 그려져 있었다. 말도 안 되는 일이었다.

'수업 시간마다 내 답을 훔쳐 보면서 어떻게 백 점을 맞은 거야?'

또다시 귓불이 간지러웠다.

'*역시 수학 천재 이수호야. 다음에도 또 부탁해야지.*'

민지는 뒤통수가 찌릿했다. 성우의 숙제를 수호가 대신해 준 것 같았다. 예전에도 성우는 수호에게 숙제를 해 달라고 한 적이 있다. 민지는 성우를 째려봤다. 성우는 어깨를 으쓱했다. 민지는 당장 선생님에게 이르고 싶었다. 하지만 숙제를 대신해 주는 걸 보지 못했으니, 둘 다 잡아떼면 그만이었다.

수업이 끝나자마자 민지는 성우에게 따졌다.

"너 수호한테 대신 숙제해 달라고 한 거 다 알아."

성우가 발끈했다.

"무슨 소리야? 생사람 잡지 마! 수호야, 빨리 점심 먹으러

가자."

"어? 어."

수호는 민지를 힐끔거리더니 성우와 함께 줄행랑쳤다.

점심을 먹고 왔더니 교실이 시끄러웠다. 남자아이들이 교실 뒤쪽에서 만화 캐릭터 카드를 꺼내 자랑하고 있었다. 그런데 성우와 수호가 옥신각신했다.

"성우, 너 정말 거짓말쟁이야! 어제 분명히 아쿠아 고스트 카드 준다고 했잖아! 근데 없다는 게 말이 돼?"

"진짜 어제까지 아쿠아 고스트 카드가 있었다니까! 그런데 갑자기 사라진 걸 어떡해. 누가 가져갔는지 모르겠다고. 그래서 대신 다른 카드 준다고 했잖아."

"너 자꾸 이러면 선생님한테 이를 거야."

"일러라! 나만 혼나겠냐? 너도 똑같이 혼나겠지."

수호는 뭐가 그리 분한지 씩씩대며 주먹으로 책상을 쾅 내리쳤다. 민지는 수호의 눈치를 살폈다. 대체 왜 저렇게 화가 났는지 궁금했다. 수호의 목소리가 들렸다.

'박성우 진짜 치사해. 수학 숙제해 주면 아쿠아 고스트 카드 준다고 약속해 놓고!'

민지는 비로소 성우가 수학 숙제를 어떻게 백점 맞았는지 알 수 있었다. 민지는 수호가 매번 성우에게 당하는 것이 답답했다. 민지가 회장이 되면 더 이상 성우가 치사한 짓을 하지 못 하게 해야겠다고 생각했다.

그날 오후, 수업을 마치고 집으로 가는 길이었다. 성우가 문구점 앞에서 뽑기를 하고 있었다. 그 옆에 1학년으로 보이는 아이 두 명이 시무룩한 표정을 하고 있었다.

"박성우, 뭐 해?"

"보면 몰라? 뽑기하고 있잖아."

"아니, 동생들 하고 뭐 하냐고!"

아이들은 꿀 먹은 벙어리처럼 아무 말도 안 했다. 민지는 무슨 사정인지 궁금했다. 아이들 속마음이 들렸다.

'이 형이 싫다는데 자꾸 오백 원만 빌려 달라더니 그냥 가져갔어요.'

민지는 성우를 째려봤다.

"너 애들한테 돈 빼앗은 거야?"

"아니거든! 무슨 소리야?"

"수호한테 숙제도 대신해 달라고 하더니, 동생들한테 돈까지 뺏다니 너 진짜 나빠!"

"와, 이거 억울하네. 잠깐 빌린 거라고! 김민지 너는 왜

사사건건 시비야? 나한테 불만 있어?"

성우와 민지가 옥신각신하는 사이에 아이들은 슬금슬금 사라졌다.

"아무튼 난 내일 말할 거야. 선생님한테 전부."

민지는 그렇게 말하고 쌩 뒤돌아섰다. 그러자 성우가 다급하게 달려왔다.

"알았어. 제발 선생님한테는 말하지 마. 너 젤리 좋아하지? 내가 사 줄까?"

"나 젤리 안 좋아하거든."

"젤리 싫으면 사탕 먹을래?"

"아니."

"그럼, 네가 원하는 게 뭔데? 소원이 있으면 말해 봐."

"소원?"

민지는 성우를 빤히 쳐다봤다. 갑자기 머릿속에 엉뚱한 생각이 떠올랐다.

"소원 말하면 들어 줄 거야?"

"그래, 뭔데?"

"내일 회장 선거하는지 알지? 나도 회장 후보로 나갈 거 거든. 그러니까……."

"아, 회장으로 뽑아달라는 거지? 알았어. 대신 선생님한 테 말하지 마!"

민지는 고개를 끄덕였다. 그런데 이상했다. 또다시 귓불 이 달아오르더니 바늘로 찌르듯 따끔따끔했다. 민지는 귀를 감싼 채 집으로 뛰어갔다.

통증은 좀처럼 가라앉지 않았다. 얼음찜질도 해 보고 진 통제도 먹었지만, 여전히 쑤셨다. 더 큰 일은 소견 발표를 적은 공책을 학교에 놔두고 온 거였다. 오늘 집에 와서 문장 도 다듬고, 발표 연습도 하려고 했는데……. 이미 회장 선거 를 망친 것 같아 짜증스러워 눈물이 뚝뚝 흘렀다.

간절한 마음의 소리

민지는 일어나자마자 귓불을 만져 보았다. 통증은 가라앉았지만, 여전히 빨갛게 부어 있었다.

회장 선거는 5교시였다. 역시나 세아도 회장 선거에 나오려는지 뭔가 적힌 종이를 들고 중얼거리고 있었다. 세아는 글쓰기를 잘한다. 1학기 선거 때도 멋진 소견 발표를 했다. 민지는 세아의 소견 발표 내용이 궁금했다. 그러자 세아의 생각이 들렸다.

'나는 꿀벌 같은 회장이 되고 싶습니다. 꿀벌은 모두가 협

력해서 꿀을 모으고 꿀벌 사회를 꾸려 갑니다. 나는 우리 반 친구들 모두 함께 꿀벌처럼 사이좋게 협동하는 행복한 반으로 잘 이끌 것입니다……'

민지는 세아의 발표문을 듣자, 자신의 발표문이 평범하게 느껴졌다. 세아처럼 멋진 문구를 넣고 싶었지만 민지는 글 쓰는 재주가 없었다. 순간 세아의 발표문 내용을 훔치면 어떨까 생각했다.

그러자 귓불이 또다시 뜨거워졌다. 민지는 귓불을 잡고 화장실로 뛰어갔다. 차가운 물로 귓불을 씻어내 열을 식혔다. 이제 스티커 귀걸이가 지긋지긋했다. 스티커 귀걸이를 떼어내고 싶었지만, 문신처럼 딱 붙어 있었다. 동화책 '빨간 구두'에서 소녀의 발에서 벗겨지지 않은 빨간 구두처럼 말이다. 스티커 귀걸이가 민지를 벌 주는 것만 같았다.

그 순간, 고양이 타로의 말이 민지의 머리를 스쳤다. 스티커 귀걸이를 좋은 방법으로 쓰라고 했던 말. 나쁜 방법으로 사용하면 뭐라고 한 것 같은데 도무지 기억이 나지 않았다.

민지의 머릿속에 지난 일이 스쳐 지나갔다. 스티커 귀걸이로 세아의 생각을 훔치고 성우의 나쁜 행동을 눈감아 준 것 말이다.

분명 1학년 때 민지를 구해 준 전교 회장 언니처럼 멋진 사람이 되고 싶었는데, 자신의 행동이 부끄러웠다. 눈물이 터져 나왔다.

민지는 수도꼭지를 세차게 틀어 얼굴을 씻어냈다. 친구들에게 벌게진 눈을 보이고 싶지 않았다. 그때 거울 속으로 누군가 뒤에 서 있는 것이 보였다. 유리였다. 민지는 괜히 유리에게 쏘아붙였다.

"야! 뭐야. 심장 떨어지는 줄 알았잖아!"

유리는 민지 눈치를 살폈다. 민지는 유리에게 운 모습을 들켜 부끄러웠다. 유리가 자기를 어떻게 생각할까 싶었다.

'아니, 네가 많이 아픈 것 같아서 걱정한 건데.'

유리의 마음이 속삭였다.

민지는 유리에게 미안했다. 유리가 자신을 걱정할 줄은

몰랐다. 민지는 무안해서 화장실 밖으로 뛰어나갔다.

그날 민지는 귀도 아프고 소화도 안 돼 점심을 먹지 않았다. 5교시가 회장 선거인데 귓불이 아파 소견문도 눈에 들어오지 않았다. 초콜릿을 먹으면 기분이 조금 좋아질 것 같아 민지는 학교 매점으로 향했다.

매점으로 가는 복도에서 남자아이들이 젤리 봉지를 던지며 낄낄거렸다. 그런데 매점 앞에 유리가 서 있었다. 유리의 눈에 눈물이 그렁그렁했다.

"유리야, 여기서 뭐 해?"

유리는 또 대답이 없었다. 대신 유리의 속마음이 들렸다.

'애들이 젤리를 빼앗아 갔어. 내가 벙어리라 빼앗아 가도 아무 말도 못 한다며…….'

유리는 눈물을 뚝뚝 흘렸다. 그 모습을 보자 화가 났다.

"바보처럼 울기만 하면 어떡해! 4반 남자애들이지?"

유리는 고개를 끄덕였다. 아까 복도에서 마주친 남자애들이었다. 민지는 유리의 손목을 잡고 4반으로 갔다. 아이들은 서로 입속에 젤리 던지기를 하고 있었다. 민지가 젤리 봉지를 낚아챘다.

"야! 이거 유리 거잖아! 왜 빼앗아? 너희 당장 사과해."

"네가 무슨 상관이야?"

아이들은 되레 큰소리를 쳤다.

그때 4반 담임 선생님이 들어왔다. 민지는 선생님에게 일어난 일을 모조리 말했다. 결국 젤리를 빼앗은 아이들은 유리에게 사과했다. 유리는 여전히 눈물만 뚝뚝 흘렸다.

교실로 오는 길에 민지는 유리에게 말했다.

"유리야, 이제 저런 애들한테는 당당하게 따져! 네가 가만히 있으니까 저러지."

유리는 여전히 말이 없었다. 아주 작은 마음의 소리가 천천히 들렸다.

'나도 진짜 말하고 싶어. 그런데 말이 안 나와. 목에 돌멩이가 꽉 막힌 것 같아. 나도 너무 답답해. 정말 말하고 싶다고⋯⋯.'

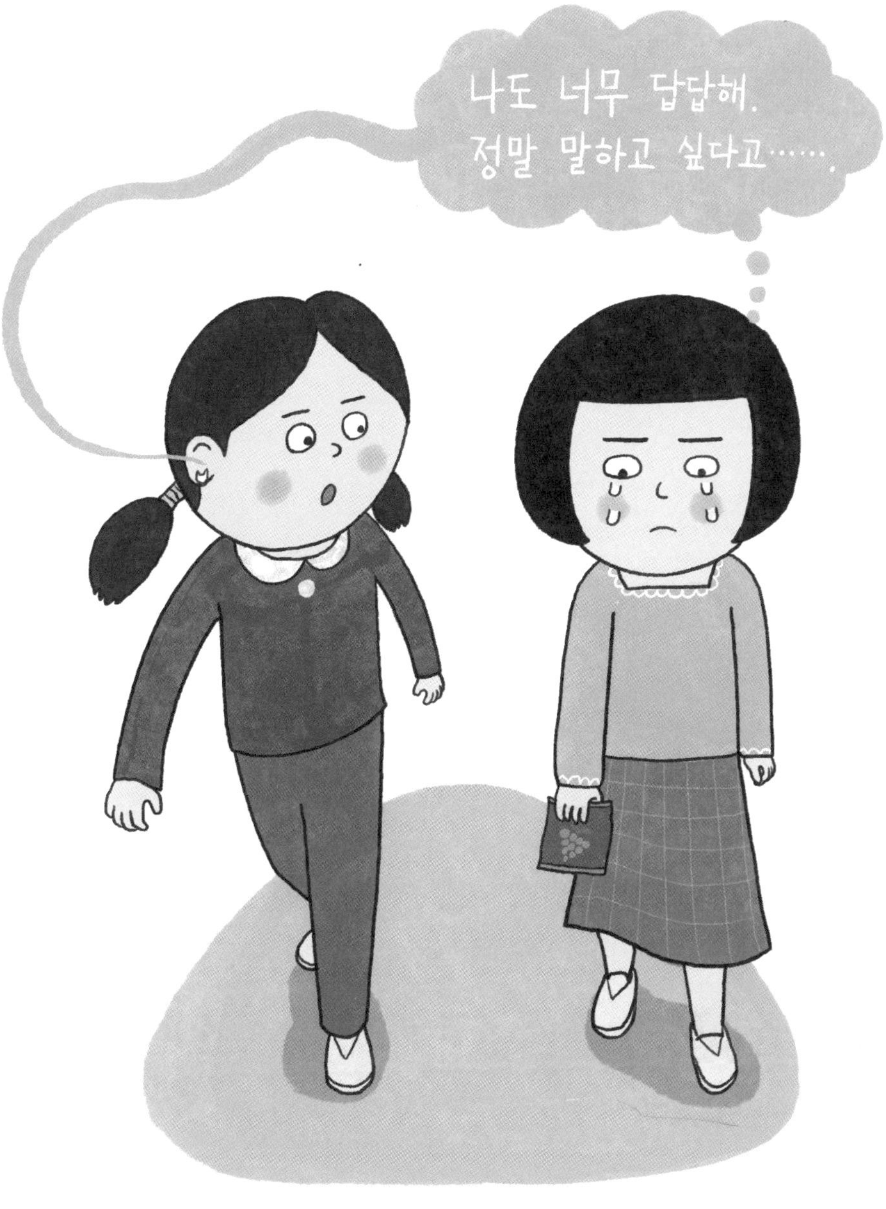
나도 너무 답답해.
정말 말하고 싶다고…….

지금까지 민지는 유리가 말을 하기 싫어하는 거라고 생각했다. 그런데 말을 하고 싶은데 못 하는 것인지는 정말 몰랐다. 그저 유리를 답답한 애라고만 여겼다. 반 아이들도 그런 유리를 무시하고 투명 인간 취급했다.

민지는 유리에게 미안했다. 하지만 무슨 말을 해야 할지 몰랐다. 그냥 유리와 나란히 천천히 걸었다.

교실에 도착하자 성우와 수호가 티격태격하고 있었다. 성우가 수호의 아끼는 캐릭터 카드와 자기 카드를 바꾸자고 조르는 중이었다. 수호가 싫다고 했지만 성우는 막무가내였다. 마음 약한 수호가 성우의 꼬임에 넘어갈 것 같았다. 민지는 목구멍에 무언가가 차오르는 것을 느꼈다.

"박성우! 수호가 바꾸기 싫다고 하잖아! 넌 왜 아이들이 싫다는데 네 마음대로 하는 거야? 진짜 선생님한테 이르면 좋겠어?"

"한번 일러 보시지! 그럼 나도 너 회장으로 안 뽑아 줄 거니까!"

성우가 혀를 쏙 내밀었다.

"그래, 뽑지 마! 대신 내가 회장 되면 절대 가만히 안 둘 거야."

민지는 하고 싶은 말을 하니 속이 시원했다. 회장 선거도 중요하지만 이건 정말 아닌 것 같았다. 이상하게 콕콕 쑤시던 귓불이 조금 진정된 느낌이었다.

회장 선거

5교시 드디어 회장 선거가 시작되었다. 후보는 민지, 세아, 한솔, 유정, 이렇게 네 명이었다.

선생님이 말했다.

"민지부터 서 있는 순서대로 소견 발표를 해 볼까?"

민지는 발표할 때 떨지 않는 편인데, 오늘은 심장이 터질 듯 쿵쾅거렸다. 소견문을 적은 종이도 파르르 떨렸다. 민지는 숨을 크게 내쉬었다.

"저는 회장이 정말 되고 싶습니다……."

교실 뒤쪽에서 킥득대는 웃음소리가 들렸다. 민지는 종이를 한참 뚫어지게 쳐다봤다. 그런데 종이에 적힌 글을 읽어나갈 수가 없었다. 이상하게 입이 떨어지지 않았다.

민지가 입을 꾹 다물고 있자 아이들이 웅성거렸다. 선생님이 나지막이 말했다.

"민지야, 괜찮아?"

"네."

민지는 천천히 고개를 들었다. 수호와 눈이 딱 마주쳤다. 수호가 입속말로 파이팅을 외쳐 주었다. 민지는 수호의 응원 덕분에 떨리는 마음이 조금 가라앉는 것 같았다. 유리는 민지를 보다가 눈이 마주치자 눈길을 피했다. 하지만 유리의 속삭임이 들렸다.

'민지야! 힘내.'

민지는 힘이 불끈 솟아올랐다. 민지는 소견문 대신 친구

들을 바라보았다.

"전 회장이 되고 싶어요. 카리스마 넘치는 멋진 회장 말이에요. 친구들이 규칙을 어기면 선생님 대신 혼내 주고 반도 잘 이끌어 나가고 싶었어요. 전 말도 잘하고 발표도 잘하니까 회장에 어울린다고 생각했지요. 그런데 회장 선거를 준비하면서 저한테 신기한 일이 일어났어요. 친구들의 속마음이 들리는 거예요. 때로는 생각도 들리고요……."

아이들이 어리둥절한 표정을 지었다. 민지는 눈을 질끈 감고 말을 이어 나갔다.

"그 덕분에 친구들에게 말 못할 고민이 많다는 걸 알았어요. 제가 친구들의 고민을 듣고 해결해 주었을 때 친구들은 기뻐했어요. 저도 덩달아 기분이 좋았고요. 그런데 오늘 확실하게 알았어요. 회장은 말을 잘하는 것도 중요하지만, 친구들의 마음을 잘 살펴 주어야 한다는 걸요. 무언가를 말하고 싶지만, 말을 할 수 없는 아이들도 있으니까요. 제가 그런 친구들을 대신해 마이크가 되어 주고 싶어요. 그 친구들 편이 되어 주고 싶어요."

민지는 준비한 내용 대신 즉석에서 떠오르는 생각을 거침없이 말하며 소견 발표를 마쳤다. 아이들이 크게 박수를 쳤다. 선생님도 민지를 보며 환히 웃었다.

모든 후보가 소견 발표를 마치자, 선생님은 흰 종이를 나눠 주었다.

민지는 종이에 쉽게 이름을 적을 수 없었다.

'나는 정말 좋은 반장이 될 수 있을까?'

머리가 복잡했다. 어쩌면 꿀벌처럼 친구들을 돕는 세아나, 유머로 아이들을 즐겁게 해 주겠다는 한솔이가 회장이 되어도 좋을 것 같았다. 하지만 민지는 누구보다 친구들의 마음을 잘 듣고 도와줄 자신이 있었다. 민지는 스티커 귀걸이를 살포시 눌렀다. 작은 소리가 들렸다.

'민지야, 잘 할 수 있어.'

민지는 종이에 '김민지'란 이름을 또박또박 눌러 적었다. 선거 결과가 안 좋더라도 실망하지 말자고 스스로를 다독였다.

드디어 개표가 시작되었다.

윤세아

이한솔

김민지

김민지

윤세아…….

민지는 자신의 이름이 불리자 가슴이 터져나갈 것 같았다. 드디어 마지막 투표 용지까지 개표된 후 선생님이 힘차게 말했다.

"2학기 회장은 민지가 됐네. 민지야, 축하해!"

눈물이 찔끔 났다. 정말 민지가 회장이 된 것이다. 세아와는 한 표 차이였다.

민지는 당선 소감을 발표했다.

"얘들아, 고마워. 내가 한 말은 꼭 지킬 거야. 너희들 마음을 잘 듣도록 귀 기울일게. 그리고 힘든 일이 있다면 언제든지 나에게 말해 줘. 내가 슈퍼우먼처럼 도와줄 테니까."

민지는 아이들을 향해 꾸벅 인사했다. 그리고 수줍게 박수치고 있는 유리를 보고 환히 웃었다.

수업을 마치고 친구들은 민지를 한 번 더 축하해 주었다. 민지 마음이 둥실 떠오르는 것 같았다.

그때 세아의 모습이 보였다. 민지는 입술을 잘근 깨물었다. 세아에게 꼭 해야 할 말이 있었지만 도저히 입이 떨어지지 않았다.

'세아도 나랑 화해하고 싶을까?'

민지는 궁금했다. 스티커 귀걸이가 답을 주길 바랐다. 그런데 아무 소리도 들리지 않았다. 세아는 가방을 메고 교실을 나가려고 했다. 민지는 세아를 다급히 불렀다.

"세아야."

세아가 눈을 동그랗게 뜨고 뒤돌아봤다.

"잠깐 복도에서 이야기 좀 할까?"

세아가 말없이 고개를 끄덕였다.

오랜만에 세아와 마주 보고 서 있으려니 뻘쭘했다.

"저기 있잖아. 세아야, 그러니까……."

어떤 말부터 해야 할지 머리가 복잡했다.

"민지야, 회장 된 거 축하해."

세아가 나지막한 목소리로 말했다. 긴장했던 민지의 마음이 사르르 녹았다.

"축하해 줘서 고마워. 그리고 미안해."

"응? 뭐가 미안해?"

"말도 안 되는 이야기라고 생각하겠지만 네 생각을 훔친 적이 있어."

세아는 이해가 안 된다는 표정이었다.

"내가 무슨 말 하는지 모르겠지? 나도 어떻게 설명해야 할지 모르겠지만 아무튼 미안해."

세아는 입을 꾹 다물고 아무 말이 없었다. 민지는 세아가 그럴 때마다 늘 답답하다고 투덜거렸다. 그제야 민지는 세아와 있었던 일이 하나 둘 떠올랐다.

민지가 세아에게 아이스크림 대신 떡볶이를 먹자고 했을 때도, 도서관 대신 자기 집에 놀러 가자고 했을 때도, 세아가 아끼는 스티커를 달라고 했을 때도 저런 표정이었다. 그럴 때마다 민지는 자기가 하고 싶은 대로 했다. 세아에게 조르거나 우기면 세아는 늘 민지 의견 대로 따라왔다. 어쩌면 이런 민지의 태도 때문에 세아가 민지를 피하게 되었는지도 몰랐다.

"세아야, 나는 네가 다른 친구랑 친해지려고 연락을 안 받는다고 생각했어. 그래서 배신자라고 미워했어. 그런데 돌이켜 보니 내가 잘못한 것 같아."

"아니야, 민지야. 나도 늘 너랑 다시 놀고 싶었는데 용기가 안 났어."

세아랑 민지가 싸우면 먼저 사과하는 사람은 늘 세아였다. 먼저 사과하는 것이 얼마나 힘들었을지 조금이나마 세아의 마음을 알 것 같았다.

"민지야, 그런데 소매에 귀걸이가 붙어 있네?"

민지의 옷소매에 고양이 스티커 귀걸이가 붙어 있었다.
그렇게 떼고 싶어도 안 떨어지던 귀걸이였다.

"접착력이 약해졌나 봐. 너 그 귀걸이 아주 좋아하는 것
같던데."

"아, 그게, 근데 이제 안 하고 싶어."

민지가 스티커 귀걸이를 떼려 하자, 귀걸이가 스르륵 바
닥으로 떨어졌다. 민지는 몸을 숙였다. 귀걸이 속 고양이가
웃고 있었다. 그리고 아주 작은 소리가 들렸다.

"소원을 이뤄서 축하해."

순간 바람이 불었다. 스티커 귀걸이가 바람에 휙,
날아가 버렸다.

민지는 마음속으로 말했다.

'나에게 좋은 회장이 되는
법을 가르쳐서 고마워. 세아와 다
시 화해하게 해 준 것도.'
민지는 세아와 함께 교문을 나서며

말했다.

"우리 아이스크림 먹을까? 너 복숭아 맛 아이스크림 좋아하잖아."

"어? 기억하고 있었네. 당연히 좋지!"

민지는 벌써 아이스크림을 한 입 깨문 듯 마음이 달콤해졌다.

고양이 타로와 신비한 귀걸이

초판 1쇄 발행 2024. 11. 25.

글쓴이	장희주
그린이	최경식
발행인	이상용 이성훈
발행처	봄마중
출판등록	제2022-000024호
주소	경기도 파주시 회동길 363-15
대표전화	031-955-6031
팩스	031-955-6036
전자우편	bom-majung@naver.com

ISBN 979-11-92595-85-6 73810